# Los sonidos a mi alrededor

## Por PAUL SHOWERS • Ilustrado por ALIKI
### Traducido por AÍDA E. MARCUSE

Harper Arco Iris
*An Imprint of* HarperCollins*Publishers*

La colección Harper Arco Iris ofrece una selección de los títulos más populares de nuestro catálogo. Cada título ha sido cuidadosamente traducido al español para retener no sólo el significado y estilo del texto original, sino la belleza del lenguaje. Otros títulos de la colección Harper Arco Iris son:

¡Aquí viene el que se poncha!/Kessler
Un árbol es hermoso/Udry • Simont
Buenas noches, Luna/Brown • Hurd
El caso del forastero hambriento/Bonsall
Ciudades de hormigas/Dorros
Cómo crece una semilla/Jordan • Krupinski
El conejito andarín/Brown • Hurd
Un día feliz/Krauss • Simont
El esqueleto dentro de ti/Balestrino • Kelley
El gran granero rojo/Brown • Bond
El gran negocio de Francisca/Hoban • Hoban
Harold y el lápiz color morado/Johnson
Harry, el perrito sucio/Zion • Graham

La hora de acostarse de Francisca/Hoban • Williams
Josefina y la colcha de retazos/Coerr • Degen
Mapas y globos terráqueos/Knowlton • Barton
Mis cinco sentidos/Aliki
Pan y mermelada para Francisca/Hoban • Hoban
El señor Conejo y el hermoso regalo/Zolotow • Sendak
Si le das un panecillo a un alce/Numeroff • Bond
Si le das una galletita a un ratón/Numeroff • Bond
La silla de Pedro/Keats
Stevie/Steptoe
El último en tirarse es un miedoso/Kessler
Se venden gorras/Slobodkina

Esté al tanto de los nuevos libros Harper Arco Iris que publicaremos en el futuro.

The illustrations for *The Listening Walk* were prepared with pen and ink, watercolor, and crayon.

HarperCollins®, 🔥®, and Harper Arco Iris™ are trademarks of HarperCollins Publishers Inc.

The Listening Walk
Text copyright © 1961, 1991 by Paul Showers. Illustrations copyright © 1961, 1991 by Aliki Brandenberg. Translation by Aída E. Marcuse. Translation copyright © 1996 by HarperCollins Publishers
Printed in Mexico. All rights reserved.

Library of Congress Cataloging-in-Publication Data
Showers, Paul.
    [The Listening walk.    Spanish]
    Los sonidos a mi alrededor / por Paul Showers ; ilustrado por Aliki ; traducido por Aída E. Marcuse.
        p.    cm.
    Summary: A little girl and her father take a quiet walk and identify the sounds around them.
    ISBN 0-06-026228-1. — ISBN 0-06-443418-4 (pbk.)
    [1. Sound—Fiction.    2. Fathers and daughters—Fiction.    3. Spanish language materials.]    I. Aliki, ill.
II. Marcuse, Aída E.    III. Title.
[PZ73.S53    1996]                                                                          95-10709
                                                                                                CIP
                                                                                                AC

1  2  3  4  5  6  7  8  9  10
❖
First Spanish Edition, 1996

# Los sonidos a mi alrededor

Me encanta salir a pasear
con mi papá y nuestro perro.
Nuestro perro se llama Canela.
Tiene muchos años y camina muy despacio.

Caminamos por la acera en silencio.

Mi papá guarda las manos en los bolsillos y piensa.

Canela se adelanta y husmea todo a su paso.

Yo me quedo callada mientras escucho los distintos ruidos.

Éste es un paseo entretenido.

Cuando salgo a caminar, trato de no hablar.

Y así puedo escuchar

los sonidos a mi alrededor.

Lo primero que oigo es el ruido que hacen las uñas
de Canela en la acera.
Las uñas de Canela son largas y duras.
Suenan así: tik    tik    tik    tik.

También escucho el ruido que hacen los zapatos de papá.

Él camina despacio y sus zapatos resuenan así:

tap        tap        tap        tap.

No oigo el ruido de los míos, porque son de lona.

Mientras paseo, oigo ruidos.

Algunos que no había escuchado antes,

como el de la cortadora de césped.

Ésta hace un ruido continuo

y prolongado:

*r-r-r-r-r-rruuuuuummmmm.*

Me gusta oír el sonido de los regadores.
El ruido de los regadores es suave,
aunque los hay que producen sonidos diferentes.
Algunos hacen un susurro continuo:

*shshshshshshshhhhhhhhhhhh*.

Otros regadores giran y giran
y hacen un ruido así:
*guishhh*　　　*guishhh*　　　*guishhh*　　　*guishhh*.

Cuando paseo también oigo el sonido que
hacen los coches en la calle.
Los coches nuevos apenas hacen ruido.
Sólo se escucha un leve: *hummmmmmmmm*.

Pero los coches viejos son muy ruidosos:

*tracatrá*　　　　*tracatrá*
*tracatrá*　　　*tracatrá*　　　*tracatrá.*

Cuando los coches doblan muy rápido,
las llantas suenan: *vvvrrrrrrvrrrrvvvrrrrr*.

Y cuando se detienen de pronto,
los frenos rechinan:
*iiiiiiiiiiiiiiiiiiii*.

Durante el paseo escucho otros sonidos,
como el timbre de una bicicleta:

rring     rring.

Un bebé que llora:

gua

gua

gua

guaaa.

Un avión cruza el cielo.

Cuando los aviones sobrevuelan

a baja altura, sentimos un gran estruendo:

*vrvrvrvrvrvrooooooooooooooom.*

Un niño corre y hace saltar la pelota:

*bamp*        *bamp*

     *bamp*        *bamp.*

Una señora camina apresuradamente.
Lleva zapatos de tacón alto,
que suenan así:

*clip* *clap* *clip* *clap* *clip* *clap*.

Llega el autobús,
y la señora corre rápidamente:

*clip* *clip* *clip* *clip* *clip*.

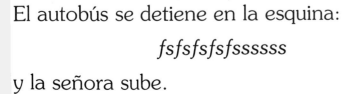

El autobús se detiene en la esquina:

*fsfsfsfsfsfsssssss*

y la señora sube.

El autobús parte nuevamente:

*chaschaschaschaschaschas.*

A la vuelta de la esquina, unos hombres arreglan la calle.

Utilizan una taladradora.

La taladradora produce un ruido fuerte:

*tac-tac-tac-tac-tac-tac-tac-tac.*


Ese ruido me lastima los oídos.

Por eso, cuando paso cerca, me cubro

las orejas con las manos:

*tac-tac-tac-tac-tac-tac.*

A veces, Papá y yo llevamos a Canela al parque.
Allí todo es más tranquilo.
Los sonidos que se escuchan en el parque no son
tan fuertes como los de la calle.

Papá y yo paseamos por un camino sombreado.

En vez de hablar, escucho.

Oigo los pasos de mi papá.

Sus pasos son suaves: chaff   chaff   chaff   chaff.

Oigo el sonido de los pájaros,
de las palomas y de los patos.
Las palomas se acercan a nosotros
para que les demos de comer.

Las palomas hinchan sus plumas
y dan pequeños pasos.
Vienen hacia nosotros y mueven la cabeza
de un lado a otro.
Parece que dijeran *rrrrrroooo*

        *rrrrrroooo*

          *rrrrrroooo*

            *rrrrrroooo.*

Los patos esperan ansiosos en la laguna.

También quieren que les demos de comer.

Los patitos nadan hacia la orilla.

Levantan la cabeza hacia un lado y nos miran.

Mueven la cola, tiemblan y repiten:

*cuac-cuac   cuac   cuac-cuac-cuac.*

Los patos grandes no se atreven a acercarse.

Se quedan donde están y nadan en círculo.

Nos miran desde cierta distancia, pero no se acercan.

Los patos grandes dicen:

*grá grá grá grá grá grá.*

A veces escucho un pájaro carpintero.

Se parece al ruido de un martillo:

*rat-tat-tat-tat-tat-tat-tat.*

También oigo los grillos que viven en el césped.

Los grillos cantan:

*crí*

   *crí*

     *crí.*

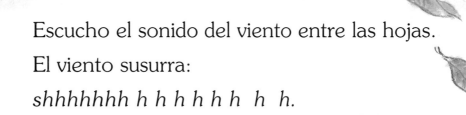

Escucho el sonido del viento entre las hojas.

El viento susurra:

*shhhhhhh h h h h h h h.*

Oigo el zumbido de las abejas entre las flores:

*bzzzzzzzzzzzzzzzz.*

Es divertido ir de paseo y escuchar los sonidos.

Pero no es necesario ir muy lejos.

Con sólo dar una vuelta a la manzana,

se escuchan muchos ruidos.

Basta con salir al jardín para escuchar sonidos.

A veces, ni siquiera hay que salir para escuchar sonidos.

Hay sonidos en todas partes y a todas horas.

Lo único que tienes que hacer es prestar atención.

Ahora mismo puedes escuchar sonidos.
Cuando termines de leer esta página,
cierra el libro y escucha.
¿Cuántos sonidos diferentes oyes?
¡Cierra el libro y cuéntalos!